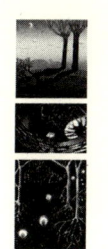

像岛一样生活

蒋兴刚 著

线装書局

从行走开始,又在哪里结束(代序)

——略读蒋兴刚

霍俊明

蒋兴刚近期的小诗写作似乎正印证了"行走"诗学在当下的必要性和重要性。然而我们也必须要注意的是"行走"在这个时代的难度。这种难度不仅在于我们在集体的城市化和现代性、全球化时代"行走"方式发生了转捩性的巨变，而且还在于"行走"时所目睹的风景甚或时代景观都几乎发生了天翻地覆的"除根性"的改变。

我们所面对的是没有"远方"的时代。在隆隆的推土机和拆迁队的叫嚣中，一切被"新时代"视为老旧的不合法的事物和景观都以不可思议的速度在消亡。是的，一切都烟消云散了。然而，诗人在此刻必须站在前台上来说话！在此，诗人不自觉地让诗歌承担起了挽歌的艺术。那些黑色记忆正在诗歌场域中不断弥漫和加重。而对于蒋兴刚这样一个江南成长起来的青年诗人而言，其对个人精神性的地理以及行走方式的感受和体悟似乎要更深。对于"地方性知识"正在消失的时代而言，诗人再次用行走开始诗歌写作就不能不具有时代的重要性。然而。我们的诗歌可以在行走中开始，但是我们又该在哪里结束呢——"笑自己／该去向何方／这条／陌生的街／是这个／离家千里的／城市／唯一的赐予"（《夜宿浑南》）

由此，诗人如果希望将"行走"的诗歌只是局限在旅行观光的地图册式的介绍和浮光掠影的抒情自然无可厚非。但是如果我们仍然抱有对传统和当代融合视野下"行走"诗学的热望，那么我们就必然要在历史和当下交叉的精神谱系中来考察这类诗歌写作的难度、新变与困境。离开北京在深圳等地暂居的孙文波刚刚完成了1600行的长诗《长途汽车上的笔记——感怀、咏物、山水诗之杂合体》。对于孙文波这样有着些明确的写作目的甚至"野心"的诗人而言,"新山水诗"显然印证了诗人与地理在新现实语境下的尴尬与分裂甚至拨动。而蒋兴刚近期的诗歌则大体为小诗,句式和形制都极其精简。这似乎对应了飞速前进时代的诗歌写作状态。而较为可贵的是蒋兴刚的这些关乎行走的诗歌放慢了速度 —— 写作的速度和内心的速度——"我们需要／在旅途中停一停／我们需要在顿号／逗号或分号／这些房子里／歇一歇／使记忆牢固／我们需要／一个合适的旅馆"(《旅店》)。这些节制的句子与内敛的情感基调之间正好达成了平衡。而在深层精神动因上考量,这也是为什么诗人将这些地方景观放置在秋天的时间背景上的原因了。当然也需要注意的是短诗的写作难度是很高的。比如断句太过频繁的话就会显得很琐碎,这样会破坏诗歌的节奏、流畅感和整体肌质。希望蒋兴刚在今后写类似的短诗时能够注意。

在蒋兴刚近期的诗歌中我们看到了他大体的行走路线——东北三省(沈阳故宫、浑南新区)、锡林郭勒草原、临安、西天目山、塘栖古镇、开化。这些混杂着前现代、现代性和后现代性的地理景观激发的是怎样的情怀和想象呢?蒋兴刚在这些地方景观中以行走的方式保持了长久的疑问与自省。值得注意的是蒋兴刚在诗歌中抒情主体的位置放得很低。这样的姿势很利于情感的开放性抒发,而不至于在过度的主体抒情中放宽了情感的限度。这些诗歌实际上是打开向诗人内心深处的。他一直在追问自己在一次次行走途中所处的位置。面对着崭新的城市、工地,诗人是迟疑的、诘问的。这种清醒的认识现实的方式是值得肯定的,而这种清醒是必然要以孤独为代价的——"探究 / 浑河的秘密 / 就像我 / 风尘仆仆 / 孤独得 / 如同熄了灯的 / 马路 // 翻动 / 夜的书卷 / 树林 / 落下一场雨 / 我的 / 灵魂是一道 / 水迹"。在陌生而又同一化的城市、街道、建筑、车辆面前,蒋兴刚将视线投入到那些自然之物以及带有文化遗迹的细小事物之上。因为这些事物可能会比新事物更长久,它们也因为带有历史文化和农耕文明的基因而带来了诗人现代性的不尽乡愁情结——"凤仙结子"、"老桐露凉"、"丝瓜爬满屋顶"、"野菊蠢蠢欲动"。

是的,行走的诗学正在诞生!精神地理图景正在消弭!问题是,我们在行走中开始,又该在哪里结束?

霍俊明,诗人、评论家。

目 录

001	过中山广场
002	沈阳故宫
003	孕育
004	我一直想有个江湖名号
005	致极乐寺
006	挖掘机主义
007	龙游石窟
008	论社交
010	少年郎
011	草原之夜
012	过临安玉石采挖场
013	致新疆
014	西天目
015	过塘栖
016	落叶之美
017	在睡梦中渡过黄河
018	夏意
019	穿越大青山
020	月全食

021	穿越库布齐
022	沙漠之旅
024	竹乡
025	今夜在萧山喝酒,谈到叶丽隽
026	做你最安静的人
027	冬的悲歌
028	本命年
029	在新叶古村
030	三江口
031	开化,马金溪的秋天
032	泸沽湖
033	瑶溪
035	印象西塘
036	五月十一,瑶溪夜
037	旧城改造
038	登东极岛
039	旅途中
040	与文友登寺坞岭记
041	致隐秘友人

042	秋
043	夜宿开化城
044	秋天
045	旅店
046	光亮传
048	元宵夜
049	回到大海
050	锡林郭勒
051	赏月
052	中秋前夜，梦到死是一种长久的幸福
054	致湘湖
055	湖水
057	读雨
058	寻梦钱江源
059	十年沧桑
060	四褐山电厂
063	不舍
064	雪夜
065	告白

066	游沈园
067	中年以后
068	塔吊：一个孤独的守望者
069	老同学
070	凋零
071	钢板桩
072	爬山赋
073	断头台
074	尚湖
075	院子延续着夜的宁静
076	照镜子
078	草原
079	金陵码头
080	慈福园
081	夜宿浑南
082	又过小南门
084	独白
085	回到从前
086	压坞山

087	元宵节
088	雨季
089	立秋
090	人工降雨
091	在低处飞翔
093	致母亲
094	跨海大桥
095	中年
096	家书
097	钱江潮水
098	小护士
099	味道
100	南瓜藤
101	夏天
102	默认
103	好声音
104	谁来拯救我
105	远在异地的乡愁
106	写给大海

107	惊蛰
108	论夫妻
109	登光明顶
110	明亮的院子
112	在途中
113	活着
114	如果离开可以解决
115	落日
116	墓志铭
118	石臼湖
119	塘栖素描
120	龙井路九号餐厅
121	小院
122	赛里木湖
123	在沙滩看日出
124	空中花园
125	初秋
126	沙滩：写给自己

过中山广场

在领袖像前来回穿行
我见到残留的雪花
见到
青铜尊贵和钟楼敲响的宁静
我见到辽宁饭店——
一个静默的老人
新刷的外墙打上灯光
略显年轻
我见到一群孩子踩着轮滑
掠过的风景像一道闪电

沈阳故宫

立秋刚过是秋的沧桑
沿着回廊
没有宫女急促的脚步
几位整修工人
推着小车他们的东北话
波长恰到好处
仿佛宫廷大戏一部分
穿越在湖蓝的天空下

孕育

大鸟的岁月一闪而过

缠人的泥泞把时间留给麦冬草捕捉警句和格言

大地只有在冬天才感受恩赐

把灵魂安妥在光芒深处

这是我们多么年轻而正直的时刻

我一直想有个江湖名号

一直想是个英雄,有颗仗义的心
天南海北
不断寻找对手
把孤独打磨的剑刺向世界

短兵相接。每次站到最后我用一个
孤傲的回头
把多余的自负留在窄窄的身后
直到退出人们视线

致极乐寺

我们生活人间昼夜顶着天空

承受世界的重

我们用信心爬到高高的地方

我们面对神灵教诲

牛毛草一样谦卑

一条灵境之路

绕开山门和煮沸的晚霞

挖掘机主义

它的手臂有掏不完的欲望
思想一定来自阴冷冬天

或许,比冬天更冷的暗夜
把自己孤立
像六亲不认的刽子手
靠挥动屠刀讨好主人

龙游石窟

甬道孤僻的忧郁症像我们头顶的又一片
天空,被乌云裹住
岩石闭上最后的眼睛
把这些疑问的果子装了满满一筐

现在开始,洞窟是用来储存秘密的罐子
从石壁顶上发出尖叫
我们再次被嘲笑
背后的宁静正在把现在变成未来

论社交

蚂蚁搬动的思想
当你和那些有形的人
握手，互道尊重
请小心翼翼

世界是张黑地图
每个前方都是悬崖
我的警醒
注定是块磨刀石

少年郎

(给儿子蒋鋆)

我们喂养的温顺的小猫
奔跑、腾空,突然
扑住一只途经的飞鸟
完成一次
极致完美的捕食
我屏住呼吸,激动和惊讶

这个墨绿、宽阔的庭院中
每分每秒的安静与祥和
是不是都在积聚着能量
是不是已经暗藏了巨大的闪电

草原之夜

我还有什么词语没有用尽
像讨好一匹马
我渴望获得夜的力量
把心事追问

给自己一个理由一个信念
那拉提草原
是我九岁的情人,今夜
突然长大

过临安玉石采挖场

当然,这是一个秘密——
某种比我们更为巨大的生命体
借我们的身体思索疼痛

我一直不想提及的墓园
一块块废弃之石
像光离开了母体变得绝望

致新疆

（假如万物皆有裂痕，那正是光照进的方式）

——莱昂纳德·科恩

时差——
小心翼翼的触角
触碰
心灵
天山南北
和所有夏天一样
瓜果
用不同形式
酝酿甘甜

西天目

天色比风变得快
你是不是在一个生僻的绝顶
迟疑了……

让我们再次迷茫
格律严谨的晨昏中伫立
多了默契

指尖盛开着什么花
让低海拔来的疲惫的人
耳目一新

过塘栖

我将是另一首诗
如同木棉
和蔷薇
长着明亮的翅膀
如同小桥
细听流水
时间的花朵迎风怒放
哦
我的心上
飞出一只停息着的
白鸽子

落叶之美

我爱眼中的秋天
凄迷的黄昏和旷野的无垠
我爱时间的马蹄
回肠荡气
万物闻声,迎向招唤

我爱一派明净
我将从高高的天上回到低矮的人间
奔向未知
奔向忘却、奔向坟茔

我将让送亲的人痛饮美酒
我将把我生前的娇媚和漂亮
带进陵墓
我将使一场金子般的大雨之后
腐朽的泥土透出隐隐幽香

在睡梦中渡过黄河

床铺在车轮上晃荡
对铺的女子
像一朵开在夜幕下的玉兰
淡淡的陌生之美

像火车一路酝酿的北方
黑暗取出斑点
缓和着白天的压迫
比一场童年的雨让人惊喜

夏意

天空是棉花。虫声是墨绿的
阳光
像只鱼,溅出水花
我一直来回奔跑在法国梧桐的辽阔和浪漫中

此刻,坐过的椅子和这个夏天远远的

穿越大青山

深入山的体内
像翻开
逆光的句子
不肯腐烂的岩层
如同
曾经热爱的书卷
我们相信
每走动一步大山的眼睛注视着
像晨曦透出的光
清寒而干净

月全食

在天空古老的课堂里
我骑着一匹无比巨大的马
像行走在黑暗森林而现在我发现自己是
多么孤独的人

远远越过山谷。白色的风如我
清晰而平静
我想尽管我知道它也发生在秋天 ——
那个远方的自己在死去

穿越库布齐

沙粒,静候我——
告诉我——
路途上的相遇是前世
约定的重逢

如果,热腾腾沙子
落在干渴皲裂的心上
我愿意
接受尘暴的倾诉

沙漠之旅

风霍霍,沙粒竖着亢奋的耳朵
内心的水洼擦亮刀刃

在硕大的砧板上太阳将爆炒
深入者——

再也没有什么是可以隐藏的
没有——

竹乡

我自然而然地想到大海
延绵起伏波浪穿越几千公里海岸线
而唯一不同的是
我没有听到驾船出海的号子声

如果,把这里一切交给渔民
用光影编织的大网
捕获的每一网都一定是真真切切的幸福

今夜在萧山喝酒,谈到叶丽隽

他们说诗歌是咒语,奢谈灵魂的人
斜躺在那里
没有什么东西可以完全遏制
她有兽性自我
但我很冷静,盯着我的杯子

我有意弹掉桌上一只苍蝇,使它
旋转着落地
这远比讨论一个巫师或一场诗歌有趣
多少惊愕者的脸
正是我用了一个酷似温柔的手势

做你最安静的人

（致妻子）

做一个爱你的人，做一个为你而生的人
在人来人往的人世间做一个不离不弃的人
有了你和这个夏天
外面的世界就与我无关了
烟花四溢的江南我要做最安静的人
你一定笑我执迷不悟
是啊。大朵大朵的云团正迁徙而过
我怕稍不留神你变成雨水打湿了别人
留我一场空等

冬的悲歌

我知道山村阴郁的思绪是满地的落叶
它们的身体
不再激情饱满
我知道时间不多,像天空和大地的一次撞击

我们又回到无果的冬
像曾经假装的难过,苍天收集了太多苦难
"是你自己的罪孽在将你围绕"
还说:"你好可怜……"

本命年

可以穿着红内裤在江南的雨水中行走

可以在社坛庙点上高香、红蜡烛
散发成人短暂的青草香

试着做一次沉思,跳进湘湖虚弱的水光
到跨湖桥登高和远眺
去穿越今天蓝色的新黎明

在新叶古村

古村是地平线,再往前
天空隆起穹顶
众神获得姓氏,建立家园
我置身
安世水色的天空
我的逗留是
缠绵时带电的小令和红妆

三江口

晨曦中像秋日谷穗
步履轻盈
从背面悄悄走近
多么迅疾啊
流水
你是否可以慢下来
铺展这揉碎的美好

开化,马金溪的秋天

雾已散开,所有的事物都慢一些
再慢一些
整个城市像疲惫的马蹄在水边缓下来
我们感谢这条穿城而过的河

一座缓慢的城今天让秋天生生的站立
让冷风远在三千里外
和拒绝离开的飞鸟、阳光一同攀上树梢
今天,我们这些跋涉的旅人啊
就是这片天国的云

泸沽湖

当你从心灵的镜子前经过
我们知道,那是你俯身同我接吻
那一刻
所有人都必定迷失——
从未见过比这片场景更美好的事情

梦想速度慢而停留
有一间昨天还是野花盛开的毡房
如果养蜂人不愿离去
像洗干净自己——
我们拿出全部交换的钱币

瑶溪

（致翁美玲）

我们被请去赴宴
坐在流水幻化的餐桌边

一片叶在溪中
紧贴我的脸急切地奔向你

我躬身下拜——
这溪水是你秀发的延伸

034

印象西塘

船把河埠头修到西塘
广阔的平原把安静留在瓷碗的釉上
一排排红灯笼下
莲藕和白鱼在平稳行走

五月十一,瑶溪夜

(致母亲)

山谷之风,在暗处抚摸
独立的脸
而溪水,像情绪
述说未曾遇见的那部分

仿佛,夜色庇护下我们
甘愿交出柔软
比黑还捏不住的东西呀
死命往心底钻……

旧城改造

走投无路的阳光被群楼吸收
包括灿烂、妩媚这些用来形容的词语

这像极了当年我喜欢的衣服现在只属于
黑暗箱底……

登东极岛

祖辈的船从礁石深黑的缝隙
汇拢过来
海浪挥动暴力拳头,警告
追赶中的暗影

此刻,我从积重难返的中年
偷偷上岸
像个鄙视中的闯入者放出
心底的海盗

旅途中

飞鸟隐遁之后,我多想在海浪堆积的岛屿上
给你写信
说说这里漫长的白昼
靠土里养分靠光合作用活着的东西

这里所有房子用阳光搭建
时间退缩成帆、网和明亮的鱼鳞
我学会了冬天潜水
犹如划开透明的思想

坐在礁石上的时间,张开着耳朵
我听到大陆架在运动
我怕突然之间不能回去,空爱一个等我的你

与文友登寺坞岭记

江水翻滚
在茂密夏天如苏醒的言辞
山风涌动
岁月悠远的轮廓
附在空气里充满宗教气质

一步开始,一秒,一瞬
我相信,每一根草木
带着翅膀
择水而居
放慢了江河竞奔的速度

(注:寺坞岭位于萧山、富阳交界,富春江、浦阳江、钱塘江在此相汇,登高可一览三江全貌)

致隐秘友人

请给我一面镜子和大幕
低垂的宁静
请相信,世界狭小
我的影子一直站在原地

树上最后一片叶子落了
自然幻化的秘密
是大地的沉默
我裹着秋风洗过的怀抱

秋

被一片树叶欺骗
被一片羽毛欺骗
被一驾马车欺骗
被一群游鱼欺骗

被眼中的一切欺骗
踩着时间的滑板
我们把旧日子的全部金币
还给上帝

夜宿开化城

今夜开化城接待了我
没有星光的夜黑暗如此浓密
车灯背后,我把浙西大片森林交还给夜色
就像经历一场绿色洗礼的灵魂净身更衣
把不属于我的留下来
眼睛里——街市再次给我上起平庸的课
等我意外失眠

秋天

你在对岸——
踩踏的泥土上小苹果爬上树冠
云摆好姿势在等待农夫

蜜蜂群伸出椴树般的手
凝眸的蓝天把刺插进玫瑰花环
不愿拔出来

旅店
（赠吕煊）

我们需要

在旅途中停一停

我们需要在顿号

逗号或分号

这些房子里

歇一歇

使记忆牢固

我们需要

一个合适的旅店

泡一壶红茶

我们需要

满满一盆洗澡的热水

慢慢存放

光亮传

是唯一的光源
栖止在脑海里
我们互致问候——
如光线低语

我吻它——
把手伸向它——
就像你照着镜子
我按捺不住

元宵夜

巨大的灯让我看清
囚禁在泡影中的整个世界
我知道
我会短暂苏醒——

这突然的光亮让我恐惧
生疑
陷入光照的纤尘里
我的毒蛇
从地狱被释放而出

回到大海

时间的版块行走,在流逝
热爱的家孤独没有形状

我将出海——
当我在航行的船边看见漫天飞舞的雪花
我的今生融化成浪花一朵

我将回到宽阔与明亮
以至于在旅行中戒掉孤单和饥饿

锡林郭勒

草原深处
夜
比眼睛黑

我问牛羊
手机
能听清
母亲的唠叨吗

赏月

我们旅行在情感湖泊
湖水把废墟重新树起来
它的窗玻璃
吃着杏黄色光芒
如同柠檬汁融化在夜的唇上
食欲比任何时候都大

中秋前夜,梦到死是一种长久的幸福

当我们穷途末路,不要丢掉我们的物品
把门上锁,我们钻进黑暗的一半
我们已吃饱喝足
有足够多的力气像红卫兵一样保守秘密
我们收起百度千度的眼镜

尽管从前的影像不停喊叫着你的名字
我们从这座城市走到另一座城市
所有沉重的日子都已过完
我们会获得一小块新的土地
再也没有什么来打扰你并拢的双腿

死是一种长久的幸福。房产商不再会来推销
银行因为歇业而彻底消失
强大之国最终解散。上天啊

当飞蛾再次出现，麻雀啾啾鸣叫
凝视自己的心里
隐蔽的根须已经把寂静种在了黑暗里

致湘湖

你是我的短信。用波的形式传递
你不轻易转弯
与敞亮相拥而卧直到时间变长

怀疑你缔造的纯粹
用细小的脚尖踩踏像一群透明的鱼
追赶透明

如果,黄昏可以再远一些
还有什么比白云穿梭你的林子
更像一首诗

湖 水

你有自己的阳光
自己的火把
你镜子一样的迷宫
有人为你亮起
繁星

所有的日子你在学习
风平浪静
每走一步
都能看见昼夜顶着的
蓝天、白云
投入心湖

每到黄昏
透明的鱼是自由驱逐到这里

一条、一条

像步入禅院的人

聚集在一起

读雨

雨水渗入体内
沿着经络忽然有了别样的忧伤
像酸性的泪
轻易击败黑洞洞的眼眶

忍受每一步
每一滴雨,像忍受扭伤的脚踝
世界做着清洗
只有牙齿一样坚韧的事物才配
接受阳光

寻梦钱江源

沿着水的血脉,我想找一张靠近天空的床
多少次面对岁月的强大,无能为力
世界已经和宇宙分开
只有回到源头
在漫长、昏暗的穿越中找寻自己

这些比石头更深刻的缝隙
从睡眠中奔出来
一个占星家的洞穴在秩序中完成永久的降临
这些正确的开始
因为我们,群山为新的群山让路
为我们发动新的引擎冲开时间的雾霭

十年沧桑

走过的街道没有你,春天被一朵
玉兰占据
行动自如的流云粗粝成忧伤

找不到大片的洁白
时间在往后退,风往更深处吹
人和人背负着梦想淹没在人海

十年沧桑——人义无反顾
这个春天我喊不出话
像江里的鱼游过去又游了回来

四褐山电厂

道路蜿蜒。19路公交改道
电厂被楼群掩埋
多年以后
这个陌生城市
我将沿着电线杆找寻你

站在烟囱下
麻雀的消失成为一种遗憾
行道树
稍显苍老的绿
这么多年,终于可以装下
满满一卡车

我们做着娓娓述谈
让情绪

释放出卡路里

这像极了强大的汽轮机组

电之火

没有安静过……

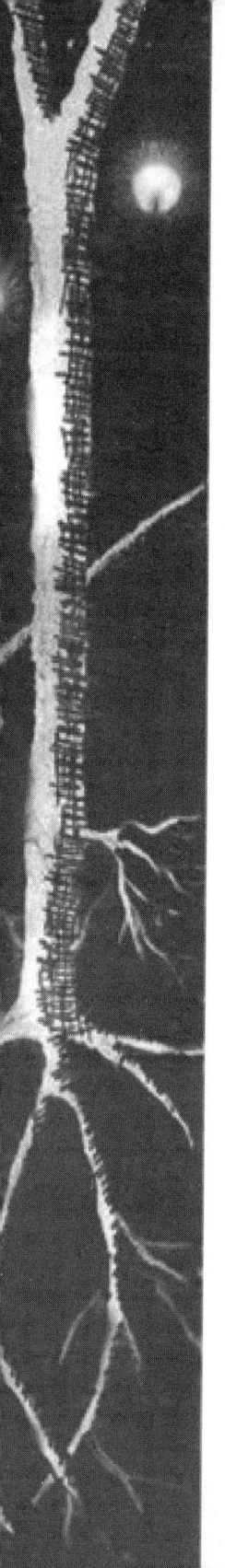

不舍

红线范围内墙影斑驳
杂草像零星的火苗被风吹痛

一个个赶出故土的拆迁户
必须把梦留下
以便身老有还魂的地址

雪夜

此刻,叛逆的蚂蚁
爬满人间

此刻,山河井口般安静
人民沉入瓮底

此刻,摆钟一如既往
做着时间的春梦

告白

你是我的记忆,匍匐在心灵河床
细微响动让你站起来
尽管这非我所能左右,也无须回答

不可能停留不动像当年沉下腰
也不必为取悦我再一次受伤害

我很感激你——
在可测与不可测的爱途上给过的澎湃

游沈园

封闭自己,隐藏在宁静的小院
在转变和掉落的树叶中
风慢慢地平息下来

时间需要休息
我们用足够的耐心做交换
包括躲开了事实和历史的爱情

远远的,天空压迫着大地
院墙让阴影混合在十月的光线中
直到彼此厌倦

中年以后

所有身体都在生锈
组成的细胞走在
回乡路上
而情绪用狼的目光对峙

在镜中我看到陌生自己
体内荒草
荆棘、悠深的灌木
延伸到废弃的祠堂

塔吊：一个孤独的守望者

摊开手臂说话。再高的孤独
只要转动
只要披上日月的光辉

也许我是一具机械的木偶
或者，一架冷漠、幽暗的望远镜
而我忍着被风掀动的衰老

老同学

(致严音香)

你简单像雨水
在失乐园之上
闪电离去,透明清澄
你是一个旧派女人
像黄金之叶

当你——
真实的音调突然响起
或是隐蔽在
浓雾中朦胧的太阳
映出一束光

凋零

就在冬天
上帝把歌声和笑声
关进地底
我清楚
每棵树上
最后一片叶子终将落下
像带走
世俗的眼

钢板桩

地面上的是非恩怨终将被
厌弃。钢板桩
是块傲骨
让我们相信命运——

尘世上的一切都会消失
我们忍着流水般寂寞时间
像一只失声的
蝙蝠,活在命运的光环外

爬山赋

山路弯弯
每向前一步离山顶更近
一只红嘴的鸟从树丛飞出
意外与惊喜

山风如刀
我相信,小草扛着天空
我相信——
拉着你
幸福从不低头

断头台

我是孤独的
我和断下的头颅一样孤独
在压力下
一支铅笔来自于一根带血的肋骨
我是孤独的
空气的重量让一切都在惩罚
我该如何说明
这一切是如何发生的
我该如此小心
我知道大地将取代太阳

尚湖

（赠邹瑞锋）

碧水

忘记你的赞美

飞鸟

在约定的时刻

化作图像

摇船

如果湖中没有

月

我们

在酒杯中

寻觅

院子延续着夜的宁静

感谢你,一个缩小了的圆形剧场
早起的母亲已经走远
送奶工把一天最新鲜的牛奶
递进窗户
磨砂玻璃余留着淡淡的青草香

透过眼中草叶的裂缝天光汹涌
昨夜雨滴的痕迹
与群星一样带着美意
愿意像玉米被叶包裹,被织进
做梦者的毛毯

照镜子

我们坐着
站着
走着
微笑
哭泣
脸贴着脸
看
自己

我们
旅行在
镜中
驾
一叶担忧的
小舟

穿过
自己

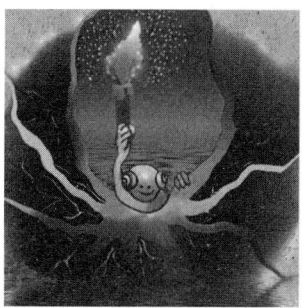

草原

夜的床汽车穿行

白天睡醒的眼睛比车灯看得远

我问路途如此遥远
牧民兄弟宰好的羊是不是也饥饿了

金陵码头

阳光分明的早晨谁来梳理我情感

江风意味深长——
晃动码头用来拉扯和牵挂的缆绳

慈福园

我们会有一块自己的墓地,一条
干净墓道
通过复杂的程序,我们将和滑翔的太阳奔驰
像我们的苹果树
沉甸甸的果实会得到所有人夸赞

我们会有一块墓碑,它告诉人们
活着和死去都将记录在案
像夜与昼的繁枝
长久高挂——
像我们拒绝了解
生活仅仅是一种活动的白色

夜宿浑南

翻动

夜的书卷

树林

落下一场雨

我的

灵魂是一道

水迹

又

恍若露出的

黎明

又过小南门

秋天比我早一步来到小南门
童年碾过的土丘下
埋着我的头颅

野草还是从前一样疯狂
没有死过

这是我自己的远方
轻雷滚过
初恋女友门前,那对威武的石狮子
去了哪里

独白

我了解天空,多雨的云层

把心事藏在容器里

飞翔的大鸟

只允许在黑夜降临前出发

开始私奔的旅程

它的美在于此刻的自由

我扭头询问:抵达天堂路上

我的翅膀在哪里飞翔

回到从前

潮水回到从前是一汪湖水
再往前是大山上
一粒晶莹的露珠,或者
渔家女儿一缕汗香
我想回到从前,回到儿子的年龄
从烈焰回到火花
回到三好学生红红的奖状
回到红领巾挂上脖子的青涩
多想回到从前
回到安静的考场
回到错过的清华、北大
回到退稿的诗歌
回到落日和黄昏——我奋笔疾书
回到一张白纸的白

压坞山

湘湖的雨是我远房亲戚
一个绣着桃花的午后压坞山越缩越小
被波纹淹没
如同袁大头沉入瓮底
借着飘远的荷香蜻蜓飞出梦幻
周围泥泞泛滥只为收敛上天的光芒

千年。能让我们忍受的又恰恰是时间
压坞山熟练地消沉
比杜甫的诗句美就是江南一片触及的嫩黄
湘湖为选秀而奔忙
压坞山是压箱底的嫁妆含蓄、内敛、华丽
支撑着娘家人的门面

元宵节

（致奶奶）

冬至过去 45 天，清明还有 58 天我想您了

今天窗外雨淅淅沥沥

多加件衣服免得难缠的风湿又犯了

今天，放炮的声音此起彼伏

我去超市买了汤圆准备煮上一碗您尝尝

我知道，没有您包得好吃

将就将就。晚上我去湘湖看灯如果看到剪纸

我带上一幅

往年的今天出门

您都会叮咛一声，可以贴上一年

红红火火。出门了，新年的元宵节带着雷电的内心

雨季

给北方女友去信述说这里的雨季
当内心和身体闲下来
想念她如孵化器里的种子不请自来
我希望她也在想我
可以看到晴朗的天空
温和的阳光
把我的爱慕和想念像树叶坦荡舒展

立秋

背包客需要停一停
洗个澡
把暑气和烦躁从身体里剥离
把另一个人
从内心房子里请出来

让他看看凤仙结子,老桐露凉
丝瓜爬满屋顶
秋阳之下
野菊蠢蠢欲动
这些被夏天控制的灵魂啊
只等秋风一呼

人工降雨

一条鱼跳出水面,从民众的低处
欢呼——
而太阳,为安民讣告划上句号

在低处飞翔

熟悉的低处在思想上方
每天每夜在信仰的风里穿行

在低处飞翔忘记与生俱来的忧伤
翅膀不再为无为而惭愧

向上吧 —— 沿着初放的水仙
我不相信上升是人间唯一的出路

致母亲

母亲请师傅把房隔成六间
简单的装修像做好手擀面
对于房客 ——

母亲像等待开镰的庄稼
偶尔的恩惠
为明天的收获除草施肥

跨海大桥

台风喘息；海鸟疲倦
轮渡急于停靠的海岛与海岛

一座嵌满贝壳的褐色建筑
一座亮而空的狭长走廊把汪洋点燃

中年

台风到来之前穿过忧郁水面
几十张
鱼的嘴黑而透亮
走上土坡这是埋葬寂静图像的地址
常绿心事如远方
在这里陷落 ——
这个闪电的夏小径蜿蜒
我有理由让自己笔直地走

家书

这些句每个字
被拆解组装
成了飞翔的翅膀

穿过忧郁的霾
凤仙花
戴着头盔
指着家的方向

钱江潮水

你培植着仇恨,像一朵
罕见的玫瑰
不喜欢平稳的江面——
闪着奴性的孤独

喜欢你野性的小狮子
银色的项链
金色的手镯
像远古部落的首领——

喜欢你蓝色闪光中
深黑的夜
在席卷整个地球的兄弟般的
狂暴中完整

小护士

（赠李婕）

你一次次在病房楼梯过道
把祝愿安放稳妥
我不知道
你穿白大褂的样子
安静
仿佛一颗
露珠在夏日里保存完好

味道

你喜欢吃七里香的烤鱼
放上香菜
豆芽和腐竹
放上呛口的佐料

此刻,我坐在餐桌上
烤鱼在炭盆
"吱——吱——"声响
仿佛问起你——
餐桌那头空空的马路

南瓜藤

听,不息攀爬的南瓜藤他的翅膀
割倒了又一天

他知道所去之地在最末光线的
高度,春天循环

我听见年青藤蔓生长
毁灭和启示像猫一样彼此厮打

夏天

(致陈余敏)

路过的候鸟已经飞远
消失的光
隐没在水面
收音机——
台风在西太平洋形成
没有你的消息

夏天走到了膝盖
云层凹凸像流水
弃我而去
我要出门了;等过的
就是我的
我会记着这个夏天

默认

埋怨时光匆匆记忆像剪刀

漫长雨季门前花不开
听不到养了多年的猫叫

与远山在灰色的天空下对望
我没有怀恨这些枯草

如果,收到求爱的来信
我默认季节存在

好声音

闭目聆听
一阵轻风穿过开阔的草地,奔向我
像个姑娘
她走过来,风韵迷人——
如永恒的光
从混沌未开的生命的大地中被带出
带着微笑
它声称是我的使者,带上我
步入完美之境——
让这些出自泥土的花朵萌芽
任由野草蔓延
它沙沙作响——像一个长出翅膀的甜果
将现实带到远方

谁来拯救我

——致诗人石厉

我们走动每一步都为它命名——
北京、上海、杭州
无数个凌晨,风吹痛双眼
半醉半醒

我们活着
感觉不到脚下大地——

村庄、河流、城市马路
密密麻麻的人、楼和车都是纸做的
浮在半空

远在异地的乡愁

请惋惜和理解——我经受

远在异地的乡愁

像丢了钥匙的孩子

复活的欲望,像等待

非人间的鲜花

穿过月桂树整日移动的阴影

我被一间空房子锁在门外

里面住着我的小苹果

当迎着

寂静走上去的时候

我怀着

深情,给予她轻柔的爱抚

写给大海

看到大海深不可测在漫延
如同焦虑
你说大海心底的声音
是发泄后的沙哑
是沙哑后的明亮,是细小处的放声
是啊,灵魂需要多长的跋涉

去撞击傲慢岩石,去赋予平静
此刻,我与大海近在咫尺
凋零何等迅疾
把自己交给安魂人——大海
在一次次抚摸中
洗去刺客刀刃上世俗的血迹

惊蛰

今天开始:唯有一场喧闹

喜出望外

捎来——

昆虫破壳;河流生子

捎来——

峰回路转和白居易的野火

论夫妻

落帆似的薄雾想遮掩山的表情
遮掩眺望和联想

盯住的事物——
野草、道路和落日余晖在离去

勃起的山风
请告诉我是我们的心走远了吗

登光明顶

阳光与云气占据的光明顶
它的眼睛
平静如同蓝色黎明
多么羡慕
能在如此高度中空虚

沉思并醒悟
一路上,当信念变得憔悴
我们从开始就输给了
对方——
任何成功都是火的陡壁

明亮的院子

在院子紧闭的大门内
霾和狗叫圈养在动物园
最具活力的生灵们
以一种美丽的姿态站起来
我试图译释它们的语言
未来的舌头
发出蓝色声音
我听到年青的藤蔓生长
它们诋毁寂寞和死亡

在途中

它沉了
它没有时间留下遗憾
风浪快速合拢水面,像身后
合拢的霾
像一片被摔碎的波浪
岸上的我
油然而生一种沉默的忧伤
像有一阵风
从后面推动我
看着吧——
像排队等待的时间
我们即将被别的东西取走

活着

给信念去信,学着纵容
生活的柔软
与自己打一场官司
对不负责任做公正的评判

一念之间,我拥有的十城
像惊飞的鸟群
眼睛里——故乡空空荡荡
世界加速着离开

如果离开可以解决

一场雨离开了
白昼离开了
太阳光芒正从尘世退回

地面
长成的草无家可归
树木的光泽；鸟的悲鸣
一瞬间
流下疼痛

落日

我们终将被黑暗包裹像树叶落入泥土
旷野越来越开阔
我们带着几多的爱情,几多的惆怅
心底血红、金黄
仿佛中了定身的魔法

远方,地平线后面升起越来越多浓云
我们将接受白昼失落光华
我们被幻化
在深沉的岑寂中汇成忧郁、苍白
朦胧的夜光

墓志铭

世人生来就相互失望
总在选择一种结束的方式
尽管不同的地点
性别和语言
创造了不同的假象

实用主义修好了通往墓地的路
我恳请收回
时间给我的迷彩和伪装

石白湖

（致叶辉）

当王国、权力缩小成湖
躺在时间的床
大气宁静；星光回旋
有满月的味道
当人群和股票涨停
留在望远镜里
我从未想过轻盈的银鱼
是擦亮的火柴
水波晃动。重新分配的
太阳和月亮
能不能给我最后一秒
跳入水中
变成一只白瓷般的水鸟

塘栖素描

（祝贺大运河申遗成功）

岸边杨柳不动

大运河恰到好处的安静

让旧时繁华

悄悄收藏

在水中——

街市是长长的树枝

一幢房子是一枚成熟的果子

走到御碑码头

沾着皇家御气的青石板

沉淀了多少足迹和光芒

龙井路九号餐厅

餐厅是个盒子,装着酒香
秋蝉鸣叫
轻易沾染明亮

龙井路小心礼让是江南
一贯的优雅

像银色果碟
稳妥的停留
像有什么事即将发生
与我有关

小院

熟透丝瓜静止中走了很多路
像倒流的时间
当记录，记下它呼吸，心跳
梦的轻纱
像领回寄存风景中的亮色

像贪婪享受者，对人间有
太多了解——
这片低垂宁静，既不是透明
也不是潜在院墙
只是，一件绿格子的风衣

赛里木湖

我消逝在她途中——
透明旅途
和隐身船夫一起
我从双脚听到风和水用震耳欲聋的
古老构成——
山峦智慧的突变带着宗教
牛羊和碧蓝
现场倾斜,停止时化作诗篇
我焦急地喊——
抓住,否则她逃脱
看着,否则她转暗
哦,赛里木湖,哦——
高海拔的情感像焚烧的古柯叶

在沙滩看日出

爱人还在熟睡
这是离昨天最近的时候
夜晚之鱼
鳞片散落天边

寻着昨天脚印
一夜涨潮
已经找不到痕迹
日出为证明什么又在争脱什么
仿佛未被爱过

空中花园

土丘搬到屋顶

我有了一块地

太阳花和

丝瓜藤

无私开放了国度

幽闭又敞开

这片接近天空的版图

有庞大的根须

兄弟

因为生命的磨盘

没有尽头

只要一动

你瞧有一群蜜蜂一个

理想花园

像我们

捡起的望远镜

初秋

台风刚过。夏被冷雨剿灭
好几次走到窗前看那些摇晃的树叶
多像中年包裹的身体
寒冷和隐喻,与我,恰似这一目原野
芳菲将尽

我明白眼前的一切都是真的
时间有限
像一日三餐,爱与欲
它们也想
美好永存,也有无力改变的悲戚

也像我和你
如果加剧寒冷,也许永不重逢

沙滩：写给自己

行走像贝壳
金黄的沙滩希望更简短一些
像大理石碑上，除了名字
性别、时间
还应该留点什么

如果，来到大海
只是一次擦肩，一次回头
一次沉默地掩埋
下一个浪打来
请像捡起的贝壳，扔了我

后　记

　　这是我第三部诗集，也是我人到中年一个深深的脚印。我与诗歌的缘分起于 2006 年，不经意得到一本徐敬亚先生主编的《中国现代主义诗群大观（1986-1988）》（简称红皮书），我发现离我们遥远的诗歌就在身边，而且如此的色彩斑斓。这里有乱世的宋江、晁盖，也有太平盛世的贺知章、李白；他们旗帜鲜明而又不乏惺惺相惜……让我年轻的心激动不已。

　　开始，我把写诗作为一种逃避纷纭世事的途径和推脱应酬的方法，时间久了，写诗成了习惯。随着坚持与深入，文学会时不时地眷顾你，给你惊喜、快乐。我认为诗歌写作是有福利的，它开阔了眼界，广交了朋友，丰富了人生阅历。

　　准备这部书稿的时候，我在湖州参加"南太湖诗会"。和认识不认识的一帮来自全国的诗人聚在一起，他们有大学教授、商界精英，更有文化名人、领导干部……但在诗歌的名义下，大家多么虔诚。在相互交流中我学到的不止是写作技艺，更多的是人生态度，诗意生活……

而给予这种机会的正是诗歌本身。我常常在想，如果不是因为诗歌，我今天会和这些朋友在一起吗？我会来到这些地方看到我从未遇见的未知吗？三亚、云南、大草原、伊犁河谷……它们不断在丰富我、滋养我。

这部诗集取名《像岛一样生活》，是个人的愿景与期望，也是我对过去生活的感恩。无论生活如何幻化无常，总有一条阳光下属于你的路。像岛一样生活！对于这诗意的生活，这梦境中的生活，我会更加坚定信心。

同时，借此次编辑机会，对曾经在写作上帮助、指导过我的诗兄诗姐表示感谢：李小雨、嵇亦工、龚学敏、荣荣、潘红莉、潘维、俞梁波、大卫、三色堇、胡弦、谢君、唐力等。对为本书作序的霍俊明兄，提供插图的李明月姐，我表示衷心感谢！编辑这部诗集时，我在想：诗歌的魅力会让已经感受到甜蜜的我充满信心地继续写下去，无论如何！

蒋兴刚

2014年夏

图书在版编目（CIP）数据

像岛一样生活 / 蒋兴刚著. -- 北京：线装书局，2014.9

ISBN 978-7-5120-1562-3

Ⅰ.①像… Ⅱ.①蒋… Ⅲ.①诗集－中国－当代 Ⅳ.①I227

中国版本图书馆 CIP 数据核字 (2014) 第 226557 号

像岛一样生活

作　　者：	蒋兴刚
责任编辑：	曹胜利
装帧设计：	大卫书装
出版发行：	线装書局
地　　址：	北京市西城区鼓楼西大街41号（100009）
电　　话：	010-64045283　64041012
网　　址：	www.xzhbc.com
经　　销：	新华书店
印　　制：	三河市宏顺兴印刷有限公司
开　　本：	787mm×1092mm　1/16
印　　张：	8.875
字　　数：	35千字
版　　次：	2015年1月第1版第1次印刷
印　　数：	0001—1000

定　　价：39.80元